Charles Perrault

Le Petit Poucet

suivi de

Les Fées

Illustrations
Claire Pelosato

D1322908

© Lire c'est Partir
www.lirecestpartir.fr
ISBN : 978-2-35024-205-7

Le Petit Poucet

l était une fois un bûcheron et une bûcheronne qui
avaient sept enfants, tous
garçons.
L'aîné n'avait que dix ans, et le plus
jeune n'en avait que sept. On s'éton-
nera que le bûcheron ait eu tant
d'enfants en si peu de temps ; mais
c'est que sa femme allait vite en
besogne et n'en faisait pas moins de
deux à la fois.

Ils étaient fort pauvres et leurs sept enfants les incommodaient beaucoup, parce qu'aucun d'eux ne pouvait encore gagner sa vie. Ce qui les chagrinait encore, c'est que le plus jeune était fort délicat, et ne disait mot : prenant pour bêtise ce qui était une marque de bonté dans son esprit. Il était fort petit, et quand il vint au monde, il n'était guère plus gros que le pouce, ce qui fit que l'on l'appela le Petit Poucet.

Ce pauvre enfant était le souffre-douleur de la maison, et on lui donnait toujours le tort. Cependant il était le plus fin et le plus avisé de tous ses frères, et s'il parlait peu, il écoutait beaucoup.

Le Petit Poucet

Il vint une année très fâcheuse, et la famine fut si grande que ces pauvres gens résolurent de se défaire de leurs enfants.

Un soir que ses enfants étaient couchés, et que le bûcheron était auprès du feu avec sa femme, il lui dit, le cœur serré de douleur :

« Tu vois bien que nous ne pouvons plus nourrir nos enfants : je ne saurais les voir mourir de faim devant mes yeux, et je suis résolu de les mener perdre demain au bois, ce qui sera bien aisé, car tandis qu'ils s'amuseront à fagoter, nous n'avons qu'à nous enfuir sans qu'ils nous voient.

— Ah ! s'écria la bûcheronne, pourrais-tu bien toi-même mener perdre tes enfants ! »

Son mari avait beau lui représen-ter leur grande pauvreté, elle ne pou-vait y consentir ; elle était pauvre, mais elle était leur mère.

Cependant ayant considéré quelle douleur ce lui serait de les voir mourir de faim, elle y consentit et alla se coucher en pleurant.

Le Petit Poucet ouït tout ce qu'ils dirent, car ayant entendu de dedans son lit qu'ils parlaient d'affaires, il s'était levé doucement et s'était glissé sous l'escabelle de son père pour les écouter sans être vu. Il alla se recoucher et ne dormit point le reste de la nuit, songeant à ce qu'il avait à faire. Il se leva de bon matin et alla au bord d'un ruisseau où il emplit ses poches de petits cailloux blancs, et ensuite revint à la maison. On partit, et le Petit Poucet ne découvrit rien de tout ce qu'il savait à ses frères.

Ils allèrent dans une forêt fort épaisse, où à dix pas de distance on ne se voyait pas l'un l'autre. Le bûcheron se mit à couper du bois et ses enfants à ramasser les broutilles pour faire des fagots. Le père et la mère, les voyant occupés à travailler, s'éloignèrent d'eux insensiblement et puis s'enfuirent tout à coup par un petit sentier détourné.

Lorsque ces enfants se virent seuls, ils se mirent à crier et à pleurer de toute leur force.

Le Petit Poucet les laissait crier, sachant bien par où il reviendrait à la maison, car en marchant, il avait laissé tomber le long du chemin les petits cailloux blancs qu'il avait dans ses poches.

Il leur dit donc : « Ne craignez point, mes frères, mon père et ma mère nous ont laissés ici, mais je vous ramènerai bien au logis : suivez-moi seulement. »

Ils le suivirent et il les mena jusqu'à leur maison par le même chemin qu'ils étaient venus dans la forêt.

Ils n'osèrent d'abord entrer, mais ils se mirent tous contre la porte pour écouter ce que disaient leur père et leur mère.

Dans le moment que le bûcheron et la bûcheronne arrivèrent chez eux, le seigneur du village leur envoya dix écus qu'il leur devait il y avait longtemps et dont ils n'espéraient plus rien.

Cela leur redonna la vie, car les pauvres gens mouraient de faim. Le bûcheron envoya sur l'heure sa femme à la boucherie. Comme il y avait longtemps qu'elle n'avait mangé, elle acheta trois fois plus de viande qu'il n'en fallait pour le souper de deux personnes. Lorsqu'ils furent rassasiés, la bûcheronne dit :

« Hélas, où sont maintenant nos pauvres enfants ? Ils feraient bonne chère de ce qui nous reste là ! Mais aussi, Guillaume, c'est toi qui les as voulu perdre ; j'avais bien dit que nous nous en repentirions. Que font-ils maintenant dans cette forêt ? Hélas ! mon Dieu, les loups les ont peut-être déjà mangés ! Tu es bien inhumain d'avoir perdu ainsi tes enfants. »

Le bûcheron s'impatienta à la fin, car elle redit plus de vingt fois qu'ils s'en repentiraient et qu'elle l'avait bien dit. Il la menaça de la battre si elle ne se taisait. Ce n'est pas que le bûcheron ne fût peut-être encore plus fâché que sa femme, mais c'est qu'elle lui rompait la tête et qu'il était de l'humeur de beaucoup d'autres gens qui aiment fort les femmes qui disent bien, mais qui trouvent très importunes celles qui ont toujours bien dit.

La bûcheronne était tout en pleurs : « Hélas ! où sont maintenant mes enfants, mes pauvres enfants ? » Elle le dit une fois si haut que les enfants qui étaient à la porte, l'ayant entendu, se mirent à crier tous ensemble : « Nous voilà, nous voilà ! »

Elle courut vite leur ouvrir la porte, et leur dit en les embrassant :

« Que je suis aise de vous revoir, mes chers enfants ! Vous êtes bien las, et vous avez bien faim ; et toi, Pierrot, comme te voilà crotté, viens que je te débarbouille. » Ce Pierrot était son fils aîné qu'elle aimait plus que tous les autres, parce qu'il était un peu rousseau et qu'elle était un peu rousse.

Ils se mirent à table et mangèrent d'un appétit qui faisait plaisir au père et à la mère, à qui ils racontaient la peur qu'ils avaient eue dans la forêt, en parlant presque toujours tous ensemble. Ces bonnes gens étaient ravis de revoir leurs enfants avec eux, et cette joie durant tant que les dix écus durèrent ; mais lorsque l'argent fut dépensé, ils retombèrent dans leur premier chagrin, et résolurent de les perdre encore ; et pour ne pas manquer leur coup, de les mener bien plus loin que la première fois.

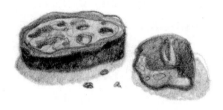

Ils ne purent parler de cela si secrètement qu'ils ne fussent entendus par le Petit Poucet, qui fit son compte de sortir d'affaire comme il avait déjà fait ; mais quoiqu'il se fût levé de bon matin pour aller ramasser de petits cailloux, il ne put en venir à bout, car il trouva la porte de la maison fermée à double tour.

Il ne savait que faire, lorsque la bûcheronne leur ayant donné à chacun un morceau de pain pour leur déjeuner, il songea qu'il pourrait se servir de son pain au lieu des cailloux, en le jetant par miettes le long des chemins où ils passeraient : il le serra donc dans sa poche.

Le père et la mère les menèrent dans l'endroit de la forêt le plus épais et le plus obscur, et dès qu'ils y furent, ils gagnèrent un faux-fuyant et les laissèrent là. Le Petit Poucet ne s'en chagrina pas beaucoup, parce qu'il croyait retrouver aisément son chemin par le moyen de son pain qu'il avait semé partout où il avait passé ; mais il fut bien surpris lorsqu'il ne put en retrouver une seule miette : les oiseaux étaient venus qui avaient tout mangé.

Les voilà donc bien affligés, car plus ils marchaient, plus ils s'égaraient, et s'enfonçaient dans la forêt.

La nuit vint, et il s'éleva un grand vent qui leur faisait des peurs épouvantables. Ils croyaient n'entendre de tous côtés que les hurlements des loups qui venaient à eux pour les manger. Ils n'osaient presque se parler ni tourner la tête. Il survint une grosse pluie qui les perça jusqu'aux os ; ils glissaient à chaque pas et tombaient dans la boue, d'où ils se relevaient tout crottés, ne sachant que faire de leurs mains.

Le Petit Poucet grimpa au haut d'un arbre pour voir s'il ne découvrirait rien ; ayant tourné la tête de tous côtés, il vit une petite lueur comme d'une chandelle, mais qui était bien loin par-delà la forêt. Il descendit de l'arbre, et lorsqu'il fut

à terre, il ne vit plus rien, cela le désola. Cependant, ayant marché quelque temps avec ses frères du côté qu'il avait vu la lumière, il la revit en sortant du bois.

Ils arrivèrent enfin à la maison où était cette chandelle, non sans bien des frayeurs, car souvent ils la perdaient de vue, ce qui leur arrivait toutes les fois qu'ils descendaient dans quelque fond. Ils heurtèrent à la porte, et une bonne femme vint leur ouvrir. Elle leur demanda ce qu'ils voulaient ; le Petit Poucet lui dit qu'ils étaient de pauvres enfants qui s'étaient perdus dans la forêt, et qui demandaient à coucher par charité.

Cette femme, les voyant tous si jolis, se mit à pleurer, et leur dit :

« Hélas ! mes pauvres enfants, où êtes-vous venus ? Savez-vous bien que c'est ici la maison d'un ogre qui mange les petits enfants ?

— Hélas ! madame, lui répondit le Petit Poucet, qui tremblait de toute sa force aussi bien que ses frères, que ferons-nous ? Il est bien

sûr que les loups de la forêt ne man-
queront pas de nous manger cette
nuit, si vous ne voulez pas nous reti-
rer chez vous. Et cela étant, nous
aimons mieux que ce soit Monsieur
qui nous mange ; peut-être qu'il
aura pitié de nous, si vous voulez
bien l'en prier. »

La femme de l'ogre, qui crut
qu'elle pourrait les cacher à son
mari jusqu'au lendemain matin, les

laissa entrer et les mena se chauffer auprès d'un bon feu ; car il y avait un mouton tout entier à la broche pour le souper de l'ogre.

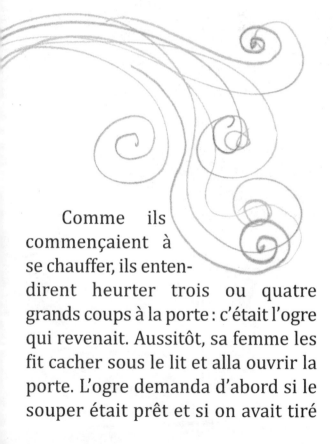

Comme ils commençaient à se chauffer, ils entendirent heurter trois ou quatre grands coups à la porte : c'était l'ogre qui revenait. Aussitôt, sa femme les fit cacher sous le lit et alla ouvrir la porte. L'ogre demanda d'abord si le souper était prêt et si on avait tiré du vin et aussitôt se mit à table. Le mouton était encore tout sanglant, mais il ne lui en sembla que meilleur. Il flairait à droite et à gauche, disant qu'il sentait la chair fraîche.

« Il faut, lui dit sa femme, que ce soit ce veau que je viens d'habiller, que vous sentez.

— Je sens la chair fraîche, te dis-je encore une fois, reprit l'ogre, en regardant sa femme de travers, et il y a ici quelque chose que je n'entends pas. »

En disant ces mots, il se leva de table, et alla droit au lit.

« Ah, dit-il, voilà donc comme tu veux me tromper, maudite femme ! Je ne sais à quoi il tient que je ne te mange aussi : bien t'en prend d'être une vieille bête. Voilà du gibier qui me vient bien à propos pour traiter trois ogres de mes amis qui doivent me venir voir ces jours-ci. »

Il les tira de dessous le lit l'un après l'autre. Ces pauvres enfants se mirent à genoux en lui demandant pardon ; mais ils avaient affaire au plus cruel de tous les ogres, qui bien loin d'avoir de la pitié, les dévorait déjà des yeux, et disait à sa femme

que ce serait là de friands morceaux
lorsqu'elle leur aurait fait une bonne
sauce. Il alla prendre un grand couteau et, en approchant de ces pauvres enfants, il l'aiguisait sur une
longue pierre qu'il tenait à sa main
gauche. Il en avait déjà empoigné
un, lorsque sa femme lui dit :

« Que voulez-vous faire à l'heure qu'il est ? N'aurez-vous pas assez de temps demain matin ?

— Tais-toi, reprit l'ogre, ils en seront plus mortifiés.

— Mais vous avez encore là tant de viande, reprit sa femme : voilà un veau, deux moutons et la moitié d'un cochon !

— Tu as raison, dit l'ogre, donne-leur bien à souper afin qu'ils ne maigrissent pas, et va les mener coucher. »

La bonne femme fut ravie de joie et leur porta bien à souper, mais ils ne purent manger tant ils étaient saisis de peur. Pour l'ogre, il se remit à boire, ravi d'avoir de quoi si bien régaler ses amis. Il but une douzaine de coups plus qu'à l'ordinaire, ce qui lui donna un peu dans la tête, et l'obligea de s'aller coucher.

L'ogre avait sept filles qui n'étaient encore que des enfants. Ces petites ogresses avaient toutes le teint fort beau, parce qu'elles

mangeaient de la
chair fraîche comme leur
père mais elles avaient de
petits yeux gris et tout ronds, le nez
crochu et une fort grande bouche
avec de longues dents fort aiguës et
fort éloignées l'une de l'autre. Elles
n'étaient pas encore fort méchantes
mais elles promettaient beaucoup,
car elles mordaient déjà les petits
enfants pour en sucer le sang.

On les avait fait coucher de
bonne heure, et elles étaient toutes
sept dans un grand lit, ayant cha-
cune une couronne d'or sur la tête.
Il y avait dans la même chambre un
autre lit de la même grandeur : ce fut
dans ce lit que la femme de l'ogre

mit coucher les sept petits garçons, après quoi, elle s'alla coucher auprès de son mari.

Le Petit Poucet qui avait remarqué que les filles de l'ogre avaient des couronnes d'or sur la tête, et qui craignait qu'il ne prit à l'ogre quelque remords de ne les avoir pas égorgés dès le soir même, se leva vers le milieu de la nuit, et prenant les bonnets de ses frères et le sien, il alla tout doucement les mettre sur la tête des sept filles de l'ogre, après leur avoir ôté leurs couronnes d'or qu'il mit sur la tête de ses frères et sur la sienne, afin que l'ogre les prit pour ses filles, et ses filles pour les garçons qu'il voulait égorger.

La chose réussit comme il l'avait pensé, car l'ogre, s'étant éveillé sur le minuit, eut regret d'avoir différé au lendemain ce qu'il pouvait exécuter la veille ; il se jeta donc brusquement hors du lit, et prenant son grand couteau :

« Allons voir, dit-il, comment se portent nos petits drôles, n'en faisons pas à deux fois. »

Il monta donc à tâtons à la chambre de ses filles et s'approcha du lit où étaient les petits garçons, qui dormaient tous, excepté le Petit Poucet, qui eut bien peur lorsqu'il sentit la main de l'ogre qui lui tâtait la tête, comme il avait tâté celles de tous ses frères.

L'ogre, qui sentit les couronnes d'or : « Vraiment, dit-il, j'allais faire là un bel ouvrage, je vois bien que je bus trop hier au soir. »

Il alla ensuite au lit de ses filles, où ayant senti les petits bonnets des garçons : « Ah, les voilà, dit-il, nos gaillards ! Travaillons hardiment. » En disant ces mots, il coupa sans balancer la gorge à ses sept filles. Fort content de cette expédition, il alla se recoucher auprès de sa femme.

Aussitôt que le Petit Poucet entendit ronfler l'ogre, il réveilla ses frères, et leur dit de s'habiller promptement et de le suivre. Ils descendirent doucement dans le jardin, et sautèrent par-dessus les murailles. Ils coururent presque toute la nuit en tremblant, sans savoir où ils allaient.

L'ogre s'étant éveillé dit à sa femme : « Va-t'en là-haut habiller ces

petits drôles d'hier au soir.» L'ogresse
fut fort étonnée de la bonté de son
mari, ne se doutant point de la
manière qu'il entendait qu'elle les
habillât, et croyant qu'il lui ordon-
nait de les aller vêtir, elle monta en
haut où elle fut bien surprise lorsqu'elle aperçut ses sept
filles égorgées et nageant

dans leur sang. Elle s'évanouit. L'ogre, craignant que sa femme ne fût trop longue à faire la besogne dont il l'avait chargée, monta pour l'aider.

Il ne fut pas moins étonné que sa femme lorsqu'il vit l'affreux spectacle.

« Ah, qu'ai-je fait ? s'écria-t-il, ils me le payeront, les malheureux, et tout à l'heure. »

Il jeta aussitôt une potée d'eau dans le nez de sa femme, et l'ayant fait revenir : « Donne-moi vite mes bottes de sept lieues, lui dit-il, afin que j'aille les attraper. »

Il se mit en campagne et, après avoir couru bien loin de tous côtés, enfin il entra dans le chemin où marchaient ces pauvres enfants qui n'étaient plus qu'à cent pas du logis de leur père.

Ils virent l'ogre qui allait de montagne en montagne, et qui traversait des rivières aussi aisément qu'il aurait fait le moindre ruisseau. Le Petit Poucet, qui vit un rocher creux proche le lieu où ils étaient, y fit cacher ses six frères, et s'y fourra aussi, regardant toujours ce que l'ogre deviendrait.

L'ogre, qui se trouvait fort las du long chemin qu'il avait fait inutile-

ment (car les bottes de sept lieues fatiguent fort leur homme), voulut se reposer et, par hasard, il alla s'asseoir sur la roche où les petits garçons s'étaient cachés.

Comme il n'en pouvait plus de fatigue, il s'endormit après s'être reposé quelque temps, et vint à ronfler si effroyablement que les pauvres enfants n'en eurent pas moins de peur que quand il tenait son grand couteau pour leur couper la gorge. Le Petit Poucet en eut moins de peur et dit à ses frères de s'enfuir promptement à la maison pendant que l'ogre dormait bien fort, et qu'ils ne se missent point en peine de lui. Ils crurent son conseil et gagnèrent vite la maison.

Le Petit Poucet, s'étant approché de l'ogre, lui tira doucement ses bottes, et les mit aussitôt.

Les bottes étaient fort grandes et fort larges, mais comme elles étaient fées, elles avaient le don de s'agrandir et de s'apetisser selon la jambe de celui qui les chaussait, de sorte qu'elles se trouvèrent aussi justes à ses pieds et à ses jambes que si elles avaient été faites pour lui.

Il alla droit à la maison de l'ogre, où il trouva sa femme qui pleurait auprès de ses filles égorgées.

« Votre mari, lui dit le Petit Poucet,

est en grand danger, car il a été pris par une troupe de voleurs qui ont juré de le tuer s'il ne leur donne tout son or et tout son argent. Dans le moment qu'ils lui tenaient le poignard sur la gorge, il m'a aperçu et m'a prié de vous venir avertir de l'état où il est, et de vous dire de me donner tout ce qu'il a vaillant sans en rien retenir, parce qu'autrement, ils le tueront sans miséricorde : comme la chose presse beaucoup, il a voulu que je prisse ses bottes de sept lieues

que voilà, pour faire diligence, et aussi afin que vous ne croyiez pas que je sois un affronteur. »

La bonne femme fort effrayée lui donna aussitôt tout ce qu'elle avait : car cet ogre ne laissait pas d'être fort bon mari quoiqu'il mangeât les petits enfants.

Le Petit Poucet, étant donc chargé de toutes les richesses de l'ogre, s'en revint au logis de son père, où il fut reçu avec bien de la joie.

Il y a bien des gens qui ne demeurent pas d'accord de cette dernière circonstance, et qui prétendent que le Petit Poucet n'a jamais fait ce vol à l'ogre, qu'à la vérité, il n'avait pas fait conscience de lui prendre ses bottes de sept lieues, parce qu'il ne s'en servait que pour courir après les petits enfants. Ces gens-là assurent le savoir de bonne part, et même pour avoir bu et mangé dans la maison du bûcheron. Ils assurent que, lorsque le Petit Poucet eut chaussé les bottes de l'ogre, il s'en alla à la cour, où il savait qu'on était fort en peine d'une armée qui était à deux cents lieues de là, et du succès d'une bataille qu'on avait donnée. Il alla, disent-ils, trouver le Roi, et lui dit que s'il le souhaitait, il lui rapporterait des nouvelles de l'armée avant la fin du jour. Le Roi lui promit une grosse somme d'argent s'il en venait à bout. Le Petit Poucet rapporta des nouvelles dès le soir même, et cette première course l'ayant fait connaître, il gagnait tout ce qu'il voulait ; car le Roi le payait parfaitement bien pour porter ses ordres à l'armée ; et une infinité de dames lui donnaient tout ce qu'il voulait pour avoir des nou-

velles de leurs amants, et ce fut là son plus grand gain.

Il se trouvait quelques femmes qui le chargeaient de lettres pour leurs maris, mais elles le payaient si mal, et cela allait à si peu de chose, qu'il ne daignait mettre en ligne de compte ce qu'il gagnait de ce côté-là.

Après avoir fait pendant quelque temps le métier de courrier et y avoir amassé beaucoup de bien, il revint chez son père, où il n'est pas possible d'imaginer la joie qu'on eut de le revoir. Il mit toute sa famille à son aise. Il acheta des offices de nouvelle création pour son père et pour ses frères, et par là, il les établit tous et fit parfaitement bien sa cour en même temps.

Le Petit Poucet

Moralité :

*On ne s'afflige point d'avoir
beaucoup d'enfants,
quand ils sont tous beaux,
bien faits et bien grands
et d'un extérieur qui brille.
Mais si l'un d'eux est faible
ou ne dit mot, on le méprise,
on le raille, on le pille.
Quelquefois cependant
c'est ce petit marmot
qui fera le bonheur de toute la famille.*

Les Fées

Il était une fois une veuve qui avait deux filles : l'aînée lui ressemblait si fort d'humeur et de visage que qui la voyait, voyait la mère. Elles étaient toutes deux si désagréables et si orgueilleuses qu'on ne pouvait vivre avec elles.

La cadette, qui était le vrai portrait de son père pour la douceur et pour l'honnêteté, était avec cela une des plus belles filles qu'on eût su voir.

Comme on aime naturellement son semblable, cette mère était folle de sa fille aînée, et en même temps avait une aversion effroyable pour la cadette. Elle la faisait manger à la cuisine et travailler sans cesse.

Il fallait entre autre chose que cette pauvre enfant allât deux fois le jour puiser de l'eau à une grande

demi-lieue du logis, et qu'elle en rapportât plein une grande cruche. Un jour qu'elle était à cette fontaine, il vint à elle une pauvre femme qui la pria de lui donner à boire.

« Oui-dà, ma bonne mère », dit cette belle fille et, rinçant aussitôt sa cruche, elle puisa de l'eau au plus bel endroit de la fontaine et la lui présenta, soutenant toujours la cruche afin qu'elle bût plus aisément.

La bonne femme ayant bu, lui
dit : « Vous êtes si belle, si bonne et
si honnête que je ne puis m'empê-
cher de vous faire un don (car c'était
une fée qui avait pris la forme d'une
pauvre femme de village, pour voir
jusqu'où irait l'honnêteté de cette

jeune fille). Je vous donne pour don, poursuivit la fée, qu'à chaque parole que vous direz, il vous sortira de la bouche ou une fleur, ou une pierre précieuse. »

Lorsque cette belle fille arriva au logis, sa mère la gronda de revenir si tard de la fontaine.

« Je vous demande pardon, ma mère, dit cette pauvre fille, d'avoir tardé si longtemps ».

Et, en disant ces mots, il lui sortit de la bouche deux roses, deux perles et deux gros diamants.

« Que vois-je là ! dit sa mère tout étonnée, je crois qu'il lui sort de la bouche des perles et des diamants, d'où vient cela, ma fille ? » (Ce fut la première fois qu'elle l'appela sa fille.)

La pauvre enfant lui raconta naïvement tout ce qui lui était arrivé, non sans jeter une infinité de diamants.

« Vraiment, dit la mère, il faut que j'y envoie ma fille, tenez, Fanchon, voyez ce qui sort de la bouche de votre sœur quand elle parle, ne seriez-vous pas bien aise d'avoir le même don ? Vous n'avez qu'à aller puiser de l'eau à la fontaine, et quand une pauvre femme vous demandera à boire, lui en donner bien honnêtement.

— Il me ferait beau voir, répondit la brutale, aller à la fontaine.

— Je veux que vous y alliez, reprit la mère, et tout à l'heure. »

Elle y alla, mais toujours en

grondant. Elle prit le plus beau flacon d'argent qui fût dans le logis.
Elle ne fut pas plutôt arrivée à la
fontaine, qu'elle vit sortir du bois
une dame magnifiquement vêtue,
qui vint lui demander à boire.

C'était la même fée qui avait
apparu à sa sœur, mais qui avait pris
l'air et les habits d'une princesse,
pour voir jusqu'où irait
la malhonnêteté de
cette fille.

« Est-ce que je suis ici venue, lui dit cette brutale orgueilleuse, pour vous donner à boire ? Justement j'ai apporté un flacon d'argent tout exprès pour donner à boire à Madame ? J'en suis avis, buvez à même si vous voulez.

— Vous n'êtes guère honnête, reprit la fée sans se mettre en colère. Eh bien, puisque vous êtes si obligeante, je vous donne pour don, qu'à chaque parole que vous direz, il vous sortira de la bouche ou un serpent ou un crapaud. »

D'abord que sa mère l'aperçut, elle lui cria :

« Hé bien, ma fille !

— Hé bien, ma mère ! lui répondit la brutale, en jetant deux vipères et deux crapauds.

— Ô ! ciel, s'écria la mère, que vois-je là ? C'est sa sœur qui est en cause, elle me le paiera. »

Et aussitôt elle courut pour la battre. La pauvre enfant s'enfuit et alla se sauver dans la forêt prochaine. Le fils du Roi, qui revenait de la chasse, la rencontra et la voyant si belle, lui demanda ce qu'elle faisait là toute seule et ce qu'elle avait à pleurer.

« Hélas ! Monsieur, c'est ma mère qui m'a chassée du logis. »

Le fils du Roi qui vit sortir de sa bouche cinq ou six perles, et autant de diamants, la pria de lui dire d'où cela lui venait. Elle lui conta toute son aventure.

Le fils du Roi en devint amoureux et, considérant qu'un tel don valait mieux que tout ce qu'on pouvait donner en mariage à une autre, l'emmena au palais du Roi son père, où il l'épousa.

Pour sa sœur, elle se fit tant haïr, que sa propre mère la chassa de chez elle, et la malheureuse, après avoir bien couru sans trouver personne qui voulût la recevoir, alla mourir au coin d'un bois.

Les Fées

Moralité

Les diamants et les pistoles,
peuvent beaucoup sur les esprits ;
cependant les douces paroles
ont encor plus de force
et sont d'un plus grand prix.

Autre moralité

L'honnêteté coûte bien des soins,
et veut un peu de complaisance,
mais tôt ou tard elle a sa récompense,
et souvent dans le temps
qu'on y pense le moins.